读客®

全球顶级畅销小说文库

全球文化，尽收眼底；
顶级经典，尽入囊中！

香蕉的低语

［土耳其］伊切·泰玛尔库兰 著
李娟 译

MUZ SESLERI

ECE TEMELKURAN

北京联合出版公司
Beijing United Publishing Co.,Ltd.

指尖上的行走

足底生花走过千年

人出生的时候脚是光溜溜的，在进化过程中的大部分时间和野生动物们一样都是光着脚行走，走的路多了脚下便有了厚厚的茧子，像猫爪的肉垫一样有一定保护作用，但是遇到恶劣的山野环境，或者冬季的冰天雪地，光脚就扛不住了。跟用毛皮做衣服的演变历程一样，他们在包裹身体的同时，也包裹了脚，这就是最早的皮鞋或皮袜，当然也可以用植物根茎、树皮，优点是原材料到处都有，但没有兽皮耐磨。

就如《韩非子·五蠹（dù）》中说的“妇人不织，禽兽之皮足衣也”，那是连基本编织都还没被发明的时代，只能用禽兽毛皮做衣。在古代，人类身上的服饰分作首衣、上衣、下衣和足衣。足衣，就是足上的衣，是对鞋与袜的总称。史书中我们可以看到一些记载，比如从秦代时候起，人们更常用履来统称鞋子，是践、踩或着鞋的意思。鞋，就是为了让双脚更好地踩踏地面走路用的。

古人皮靴

在原始社会上百万年的时间里，人们只能简单潦草地用兽皮或者树皮茅草包裹一下身体。跟服装一样，鞋也是易腐坏的，所以只有极少的出土文物来证明鞋履的发展变化过程。从一些原始氏族时期的文物中，可发现穿鞋的小人偶，但鞋的细节很模糊，只能从大概形状看出鞋尖上翘着。鞋头翘起，是中国古人鞋子最典型的特征之一。我们可以根据出土文物判定，鞋头翘起最晚开始于新石器时代，距今五六千年的样子，也就是炎帝到黄帝时代。更早的原始人是如何从兽皮裹脚逐步过渡到穿上鞋子的呢？当时穿的鞋究竟是皮的还是布的？我们目前对这些都是一无所知。

履（甲骨文）

谁都想穿一双舒适的鞋

根据人们对鞋子功能的需求，我们也可以试试推测应该从哪方面入手。首先，既然要承载整个人的重量踩踏地面，原始人要狩猎劳动，每天运动量很大，那么跟地面接触的部分就需要耐磨；脚背的皮肤比起脚底要柔嫩，所以这一部分的鞋面要柔软舒适；另外还需要合脚并且有很好的固定，不能有的地方大而空，有的地方小而紧，走路时既不能因为太小有压迫感，也不能因为太大而晃荡不稳；如果是在冬季，保暖性又是一项硬性需求……

考古学者在浙江省良渚文化遗址发现了一只新石器时代的木

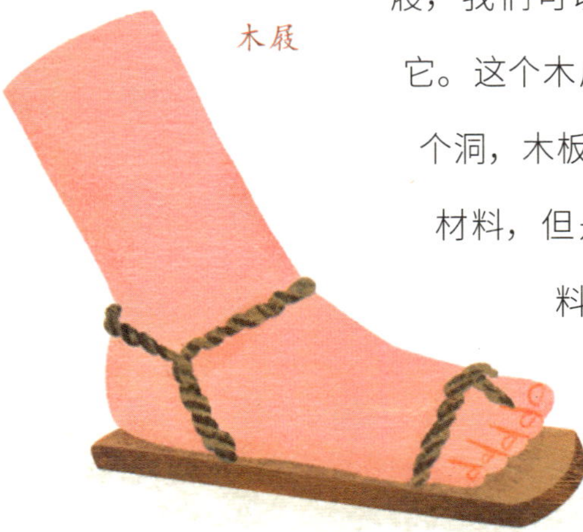

屐，我们可以试着从功能角度去分析它。这个木屐是在一块木板上钻有五个洞，木板坚硬耐磨，是良好的鞋底材料，但是不好与兽皮或者其他布料缝合，所以不如打上孔穿绳子，用绳带捆绑的方式固定前脚掌、大脚趾、后脚掌和脚踝。这种木屐穿法不仅在中国后来的魏晋时期大为流行，在邻国日本一直到现在还在使用。

很明显，木屐适合在夏季穿着。而天冷的时候需要保暖材料，把脚背脚踝保护起来，需要有鞋面的包裹。葛麻和丝织品在殷商时代就已经发展起来了，可以推测那个时候的贵族，拥有一双有花纹的缎面鞋并不是难事，平民阶层，也会有麻布葛布等粗糙廉价一些的布料来做鞋面。

果然，在新疆楼兰古国的古墓里发现距今四千年的女墓主，她脚上穿着一双生皮皮鞋。这双皮鞋不仅有保护脚面与后脚跟的鞋筒（也叫鞋面或鞋帮），而且是与鞋底部分分开制作的。鞋底容易磨破，所以选择的皮子材料比鞋面更耐磨，说明这个时候鞋子已经不再是用一整张皮包裹，而是分成几个部分。跟造房子一样，不同部分对材料的需求和处理方式是不一样的。这种分部件制作的方法还得依赖两个工艺的进步，那就是针线缝制和帮面拼接。这双鞋现在看起来简单甚至有点儿粗糙，但却是制鞋史上划时代的大进步。

了解了楼兰皮靴的拼接结构，我们再看《周礼》中提到的复底鞋，也是典型的拼接结构。鞋帮用皮面或者缎面，鞋底为双层，上层是纳制布底，下层是木制底。纳鞋底是传统鞋底耐磨的技术保障。先将布剪成鞋底的形状，一层一层用糨糊粘贴起来（晾干后会变得硬实），然后密密麻麻走针线把整个鞋底扎牢。据说这种纳底布鞋首先是军队的需求，战士们作战奔跑时鞋底需要耐磨经穿。仔细看的话，鞋底的针脚是前后密集，中间略微稀疏，这是为了让前后脚掌处更耐磨，中间部分相对柔韧，非常符合人体力学，适合在战场上奔跑。

古人鞋履

《周礼》是对周代礼法礼仪最权威的记载和解释，提到这种复底鞋，不仅仅是因为它结构和工艺上

纳鞋底

舄

更复杂，在纳制布底下面又加了一层木鞋底，也是因为在鞋的等级制度里，它站到了最高层，称作“舄（xì）”，是皇上皇后和高级官员们祭祀时穿的最尊贵的鞋。

《旧唐书·舆服志》中的记载说：“隋代帝王贵臣，多服黄纹绫袍，乌纱帽，九环带，乌皮六合靴。”这个“乌皮六合靴”称得上鞋中极品。靴帮与靴筒的造型须符合脚面和小腿的形状，如果由多片拼接，会有更好的贴合度。如直缝靴，是用两片皮革缝合而成，因为中间有一道直缝而得名；又如四缝靴，是用五片皮革缝合而成，因靴帮有四道缝而得名。而六合靴的六合，不仅体现出靴帮结构特点，更是取了东、西、南、北、天、地六合之意，象征着全天下和宇宙。皇帝脚踩这双鞋，也有着掌管天下的意味。

博取众长，才能日益精彩

虽然古代衣衫和鞋履已经被现代服饰取代，但它的品类在当时的丰富程度一点儿不比现代时尚行业差。

那时，制鞋的材料和工艺逐渐丰富起来，开始有了各种分类，类别足够多的时候，一种行业文化就逐渐形成了。比如鞋按材质可以分为三大类，有布帛、草葛和皮甲三种。布帛履以丝、麻、绫、绸等织物制成。草葛履是以蒲草为原料，经碾搓编织而成，几千年来一直是中国老百姓劳动时穿着的鞋。特别是山区，无论男女老幼，下地干活儿，上山砍柴、伐木、采药、狩猎等，不分晴雨都要穿草鞋。皮甲履则是指用生皮和熟皮做成的鞋子。

当基本类型和制作工艺差不多都已经出现了，在漫长的历史中，鞋履还会继续发展吗？

草鞋

布帛履

草葛履

皮甲履

回答是肯定的。一方面，通过不同的民族融合，一些新样式的鞋被传过来，比如靴子；另一方面，木屐、翘头鞋、草鞋在不同的时代，材料精致度和工艺水平会有提升，也会被当时的政治和文化影响而呈现不同的流行审美，比如款式和纹饰花样的变化。

前面提到的六合靴其实是一种靴子，在战国之前只存在于北方游牧民族地区。赵国的赵武灵王要跟这些游牧民族打仗，也建立了一支骑马的军队。但是中原地区原有的穿着完全不适合骑马打仗，比如只有半截的裤子和无法保护小腿的鞋子。于是他提倡“胡服骑射”，不仅让士兵学骑马，而且连衣服鞋子全身装备一起学习。于是，长筒靴子成了士兵的标准穿着。打完仗后他们回到家乡，又把这种鞋子的形式传到民间。我们现在能确定这件事是因为古书中有记录，《释名》中说：“古有舄履而无靴，靴字不见于经，至赵武灵王始服”。

当靴子流入中原作为跟礼服配套的穿着时，又结合了成熟的

不同朝代的靴子

纺织刺绣技术，演变出更多美观的样式和装饰。到唐宋时期，贵族富豪和普通平民都普遍穿着靴子，有长筒、短筒、圆头、平头、尖头等多种款式。宋后期，流行用黑皮做靴筒，冬款里面衬毛毡子，靴高八寸（约二十厘米），文武官员按照官级高低和服装颜色来决定靴边缝什么样的滚条，虽然是黑皮靴，细节的装饰还是非常讲究的。那些曾经流行的式样，现在听起来都不太好理解，有鹅头靴、云头靴、花靴、颉（jié）嘴靴、旱靴、革翁靴、高丽式靴……五花八门的名字记录着古人脚上的精彩。

一双出土的南北朝时期的靴子，靴底为皮革，靴面是麻布质地，靴内衬柔软的毛织物，整个靴子厚实保暖，靴面、靴筒还绣有红青黑蓝等色彩的云朵纹样。如果放在今天的时尚 T 台上，依然是做工精细又富贵艳丽的奢侈品。

木屐，魏晋的潮流物

圆木凿成的木屐

木屐最重要的问题是解决木板鞋底的防滑问题。因此，一板五孔加系绳的原始样式，在鞋底加齿成了一种流行做法。木屐的标准结构逐渐演变为面、系、齿三个部分。面是鞋面，有的鞋面是一块木板，有的鞋面是用整个圆木凿出鞋帮和鞋洞；鞋面上系有鞋带，为系；齿是屐底部前后的木块。

布面鞋可以有织锦花纹和刺绣，木屐鞋面的最佳装饰手法是彩画，据说汉魏六朝时期，新娘子出嫁都是穿彩画木屐。南朝诗人谢灵运发明了一种适合登山的木屐，把鞋底前后两齿设计成可拆卸的，上山去掉前齿，下山去掉后齿，以便保持人体平衡。那些喜欢在大好河山里游历、写诗、画画的文人才子很喜欢这种木屐，专门取名“谢公屐”。

木屐有男女款区别，男人穿方头鞋，表示阳刚从天，女人穿圆头鞋，意喻温和圆顺。

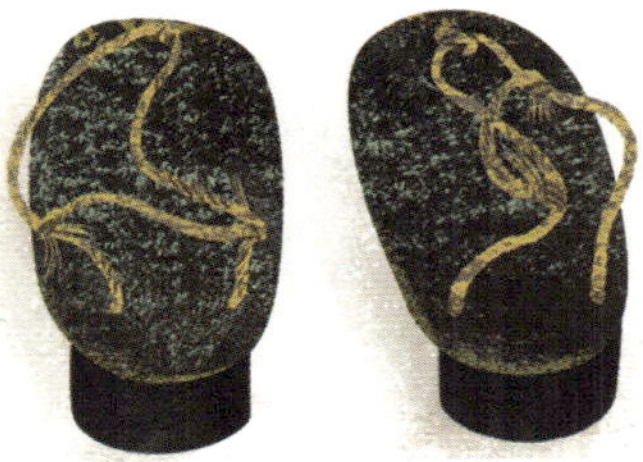

系绳木屐

带齿木屐

谢公屐

每个女孩心中都有一双绣花鞋

在中国传统的鞋文化中，鞋面与刺绣艺术结合的绣花鞋也是一个经典。它是怎么流行起来的呢？相传春秋时期，晋国的国君晋献公治国有方，将周围的很多小国都纳入了晋国的版图。他为了宣传自己的丰功伟绩，先是命令宫女的鞋面上必须绣上石榴花、桃花、佛手、葡萄等十种花果纹样。同时还下令，晋国老百姓家中的女孩子在出嫁时，也要穿上这种绣了花果纹样的绣花鞋，作为新娘子的嫁妆之一。这样做确实让鞋子变得漂亮了，于是这个命令竟然大受欢迎，很快成了全国百姓乐于遵守的习俗，并逐渐蔓延开来。从最初的在鞋子上刺绣发展到在衣服上刺绣，当时的晋国上下直接形成了一种新的行业——刺绣业。

人们形容古代穿绣花鞋的女子，走起路来总是婀娜多姿，各式各样的绣花随着脚步的移动，千姿百态、争奇斗艳，像精灵一样飞舞。女子们也不会错过展示自己好才艺的机会，从会针线活儿开始，就在准备为自己做一双可以让人惊叹的绣花鞋，这是她们难得可以大方展示自己的舞台。我们常常在电视剧中看到古代婚嫁场面，新娘子盖着红色的盖头，众人看不见她的脸，只好从一身嫁衣来观察判断，一双精心绣制的绣花鞋，随着步行的仪态，正是众目睽睽的焦点。

要做好这样一双鞋，先根据自己的脚形大小剪样子，用纸壳做出模型（模型做好后可以反复用），然后裱布壳——鞋底和鞋帮都需要用糨糊将多层布粘牢晒干，要密密麻麻纳实鞋底，绣花要提前画好花样，设计颜色（这方面做得出色的女子会引来方圆十里的姐妹跟她讨样子，除了样式花朵，还有彩色丝线），从鞋头到鞋跟甚至鞋底和鞋垫上都绣上

绣花鞋

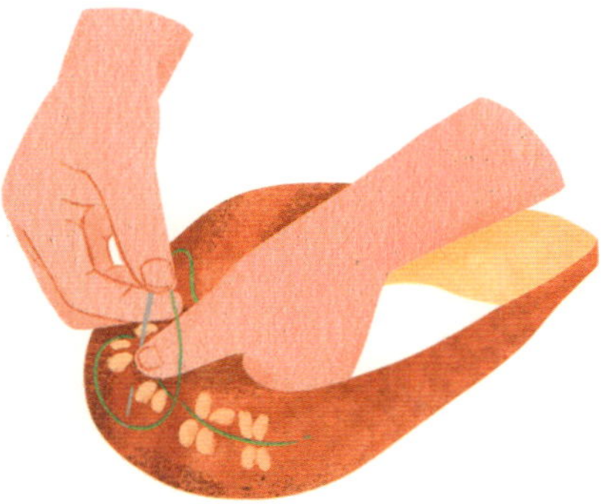
鞋面刺绣

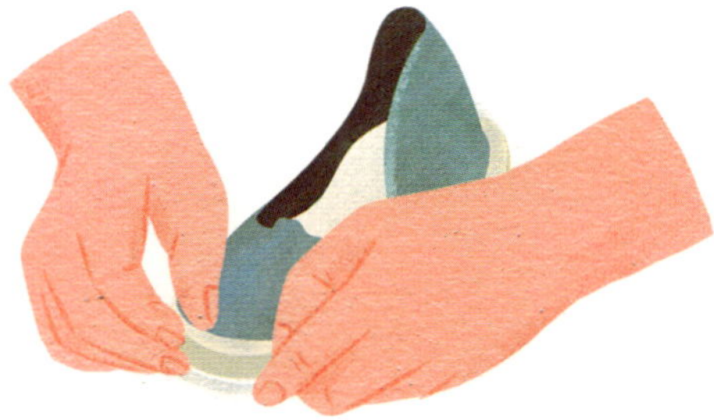
帮底缝合

纹样。官宦大家族女子的绣花鞋，往往用金线银线绣花，叫金缕鞋。在很多诗歌文学作品中，描写美丽的女子，往往不需要太多笔墨，只要简单点到“金缕鞋”，就能让读者顿生遐想。

指尖工坊

【为什么古代多是“翘头鞋”？】

云头履

歧头履

箭头履

1. 古人多穿长袍长裙，会时不时拖在地上，影响行动，也不好清洗。如果鞋子前面翘起，那么前面的裙边袍边和裤边就会被拦住和托起，能避免拖地绊脚，也能减少被地面灰尘和污泥弄脏衣物，下雨天还能有一定防止雨水溅湿的功能。

2. 古代除了少数城镇里的道路平坦外，基本都是土路，坎坷不平，走路时难免经常碰到各种凸起障碍，翘起的鞋尖可以有效减少这种撞击带来的伤害，脚指头不至于经常被磕碰到瘀青流血。

3. 古人关于衣物鞋履的设计，都要暗含哲学思想，鞋尖上翘，像船头，即是昂扬向上，又有一帆风顺、稳稳当当的寓意。

指尖上的连结

左右衣襟缔结美好盟约

什么，扣子也要单独拿出来讲？是的，我们说中国古代服饰丰富多彩，就连小小的扣子都是样式繁多的。

由于气温变化、卫生和着装场合等方面的要求，我们的衣服需要随时可穿可脱。衣服穿在身上不能过于松松垮垮或者脱落，脱的时候又不能太麻烦，这就意味着衣服需要一种方便系上、解开的设计。

结带的美好愿望

结带

用兽皮裹身的年代，不用说，肯定是用树皮、藤条、鹿筋等条绳状的东西捆扎固定。到夏商周时期，上衣下裳、宽袍大袖衣服的形式基本确定下来，穿衣脱衣时，两边衣襟要能自由连接或敞开，人们想到的依然是用捆系的方法来解决。但用粗糙的绳子显然不合适，于是用布料做成带子系在腰间，也有了漂亮的名字“结带式”。一种以丝织物制成，叫“大带”或“绅带”；另一种以皮革制成，叫“革带”。贵族还会在带子上吊挂玉制挂件饰品。

衣带打活结的叫“纽”，打死结的叫“缔”。我们现在所说的缔结婚约或盟约，是希望它再也不要被解开，可见“结”在那个时期就被人们赋予了契约和诚信的含义。

但在实际生活中，结还是需要被解开的，古人还发明了玉觿（xī），专用于解带子，同时配以精美雕刻，可以当装饰品。为了更好地系腰带，人们又发明了带钩，相当于我们现在的皮带扣，是可以搭扣起来的小装置，古称“犀比”，主要是男性使用。从出土文物来看，带钩在战国中晚期相当普遍，它们形式多样，材质包括玉、铜、金等，造型有龙首虎头、凤鸟、琵琶、竹节等，还有着跟人体腹部相合的曲线，那时流行的工艺——包金、贴金、金银错、嵌玉和绿松石等都有使用。

玉觿

带钩

一字扣与纽扣的起源

对于普通老百姓，没办法讲究腰带装饰，只是拿一条布带往身上一系，衣服就算固定在身上了，这种情况直到纽扣的出现才得以改变。

但纽扣也不是突然就出现的，在秦始皇兵马俑中，曾发现有个士兵的衣领上有一粒一字扣。当时的一字扣用于军队，是因为那时的将士铠甲多是牛皮甲，用一字扣打结可以使皮甲之间的连接更加牢固。一字扣一端的皮带环套可以叫“纽”，另一端的硬质扣合物（如木或铜）为“扣”，二者扣接成为扣合肩甲和胸甲之纽扣。这是目前所能见到最早的典型纽扣样式。

秦始皇兵马俑

一字扣后来逐渐发展成我们熟悉的盘扣，也是形式最简单的盘扣。一字扣用于一般衣物后，很少再用木条或铜条做扣，而是用一根布绳编结成球状的扣坨，再拿一根对折成扣襻（pàn）。扣坨和扣襻分别缝在两边衣襟，而且要水平相对，扣的时候将扣坨套进扣襻，解的时候脱离扣襻即可。一字扣不但简单大方，还代表了一心一意、一帆风顺等美好的寓意。

扣襻

扣坨

一字扣

一字扣还有一种演变形式是变成了圆球纽扣。云南晋宁石寨山出土的战国文物中，就有用蓝、苹果绿、浅灰色的绿松石做成的圆、椭圆、动物头状和不规范形状的纽扣，造型别致。每颗纽扣都有一两个小孔，用于穿线缝缀。在中原地区，一直也有零星发现，包括小石块、贝片、动物角、核桃和椰壳制作的简单纽扣。这说明在华夏历史早期，纽扣就已经被发明出来。但是夏商时期建立并沿用的服装形式，更适合用衣带腰带，所以盘扣和纽扣一直到明代才被普遍使用。

在这个过程中，扣衣方式的变化是一个从宽衣时代向窄衣时

不同时期的服饰

代过渡的标志性元素。所以到了不再穿宽袍大袖的清代，衣带差不多被彻底取代了，盘扣广泛应用于传统氅衣、马褂、坎肩、短袄、旗袍、汗衫、长衫等日常服饰上。

样式繁多的盘扣

盘扣由盘纽、纽襻和襻花三部分组成。“盘”是指采用绕圈编盘的方式；“盘纽”是指纽扣坨；“纽襻”是指用于套住盘纽的襻套；“襻花”是指用衣料布头制作的，在纽和襻尾部编盘的花形图案。

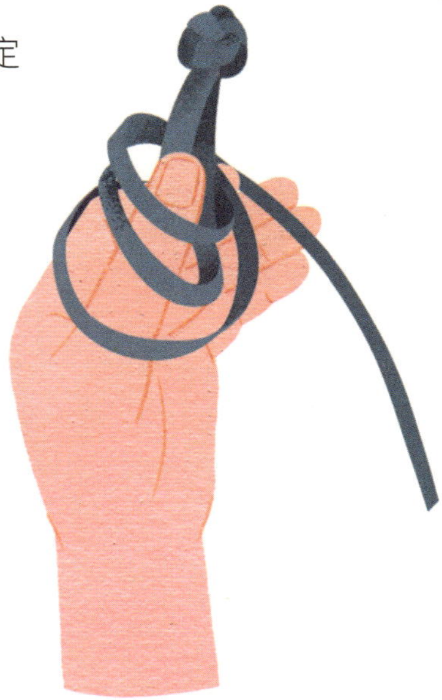
做盘扣

制作盘扣，要先用布片做成有一定硬度的绳条，才能盘卷定型。这个布片的裁剪方式需要根据衣料纱线的经纬方向下剪刀，要按着45度方向来裁，这样卷条后才能经得起拉拽不变形。一些偏软薄的布料，还要用面糊上浆。把低筋面粉加水熬成糨糊，均匀地刮在布条背面，干燥后弹掉面灰，将两边对折熨烫，形成筒管状，然后在里面埋上一条细铜丝，再用胶固定，这样的布条卷折起来更好定型。

在盘扣的发展过程中，除了基本用途，还发展出装饰、美化的功能。

首先，襻花部分，就可以弯曲盘绕出各种图案，有植物造型，如葫芦、梅、菊、兰等；有动物造型，如龙、凤、龟、蝴蝶、鱼等；有文字造型，如福、喜、寿等；还有琵琶、飞云等其他造型，加上不同的颜色和布料材质，千变万化。盘扣有对称的，也有不对称的，它不仅仅有连接衣襟的功能，更是装饰服装的点睛之笔。

蝴蝶扣

凤凰扣

琵琶扣

盘襻花也是古代女子巧妙心思和手艺水平的展示。虽然基本的手法都差不多，但布条裁剪、压制的齐不齐平不平，盘卷的时候图案比例是否精巧，线条是否流畅，都决定了最终的神韵和气质。跟所有工艺一样，需要无数次的练习，除了艺术感觉，熟练是最核心的秘密。

其次，襻纽的小坨坨，也可以用其他更贵重的材质来做成，有玛瑙、水晶、琥珀、翡翠、金银、玉石等。工艺有镂雕、花丝编织、宝石镶嵌、烧蓝……这个小小的球状纽扣的制作，一点儿也不比现在的精美首饰简单。

明代时期人们喜欢将整个颈部包住，所以流行在外衫领部用一两个精致的金属圆扣，其余地方用带结。明太祖朱元璋之子朱檀墓中出土的金纽扣，钮为花心，扣为两圈葵花花瓣，当扣合衣服时，两部分相合就成为一朵葵花。

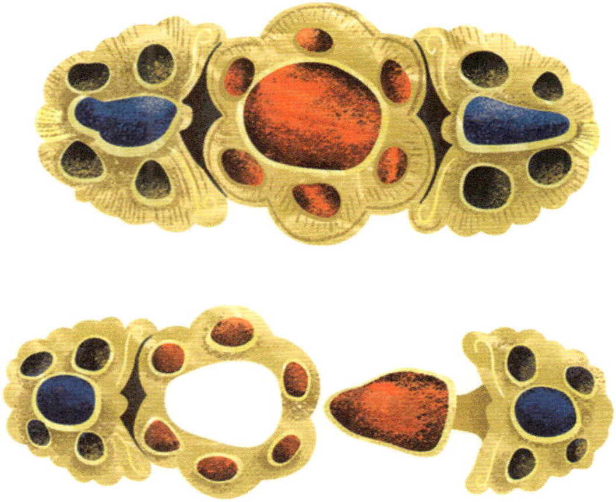

宝石蝴蝶盘扣

也有将整个盘扣都用金银来做的，不是用绳条盘绕，而是金属工艺。左右两边称为雌雄二体，左为雄，右为雌，扣合时将雄的钮头插入雌的襻圈中，结合紧密，完美无缺，构思相当巧妙。比如一个经典的设计，是一侧为雌蝶（蜜蜂也常见），头部有菊花一朵，花心中空，另一侧为雄蝶，头部为一内嵌宝石的圆饼，扣合后宝石就变成了花蕊。

旗袍上的盘扣

民国时期，改良的旗袍成为广大女生的偏爱，旗袍线条简约，与花样百出的盘扣是绝配。盘花扣的创作，在这个时候得到了最大的发展。常见的如琵琶扣、一字扣、蝴蝶扣、兰花扣、菊花扣、凤凰扣等，点缀在胸前、肩颈衣襟的醒目位置。

旗袍之美，点睛之笔在盘扣。这种结合盘、缝、包、缠等多种工艺、配色和花样的小小扣子，已经成为一种鲜明的华夏文明的传统符号，于细微处体现着中国文化的博大精深。

指尖工坊

小小的纽扣，通过它人们可以看到一个民族的特点。盘扣、金银珠玉扣、有复杂花纹的纽扣是中国的特产。饰有美丽彩绘的陶瓷纽扣是法国的名品。有色玻璃纽扣是波西米亚的代表作。象牙色的纽扣是南美特色，它们是厄瓜多尔的棕榈树果实，质地坚硬，颜色如象牙，又称象牙果，是做纽扣的绝好材料。

进入二十世纪，各种化工合成材料的纽扣被大量生产出来，价格便宜，原材料包括树脂、尼龙、塑料等。同时，拉链的发明和广泛运用，使得纽扣不再垄断衣物的连接功能，很多时候只是作为装饰。

指尖上的异彩

节日里的美丽从发饰开始

如果你想穿越到古代，还要融入古人生活，那么首先要改变的肯定是你的穿着打扮。女生立即就会发现，头上光是挽一个发髻（jì）都很难呢。古装电影和电视剧中那些美人的发型和五花八门的发饰，真要实现起来，完全是一门复杂的手艺和学问。

古人注重身份和礼仪，逢年过节的时候，女子更需要精心打扮。跟现代人去商场或者网购各式皮筋发卡和化妆品不一样，她们更多的是使用手工定制的“奢侈品”。一些发饰首饰，从祖母到孙女，代代相传，也是这些女子最珍贵的财产。

这些发饰为什么会如此贵重呢？

一方面是因为里面有亲情传承，一支发钗生产的时候，就想着它要被几代人使用。一个姑娘拿到这支发钗，也是打算自己能用到老，然后再给女儿、外孙女……另一方面也是因为古代物质生产费工费力，每件物品都要手艺人一点儿一点儿亲手打造才能足够精美，来之不易。这也是我们如今还能在博物馆看到大量古代首饰的原因，它们真的可以流传上千年。

发簪

传说中人类祖先在有衣服穿

后的很长一段时间，都是披散着头发，有时候都分不清男女。后来，人们慢慢形成一个共识：男性头发编辫子，束在头顶；女性头发梳成一圆坨——发髻，这样从发型上就能一目了然地分辨是男是女。用什么来固定头发呢，最初人们能想到的不过是一根树枝、竹棍、细长的骨头，后来逐渐精致讲究起来，以玉为主，最差也要用磨得圆润修长的木条，于是就有了专门的名称“笄（jī）”或“簪（zān）”。古代女孩子十五岁成年，标志就是开始用笄把头发梳成发髻，所以又叫及笄之年。

簪子是男女都需要用的，男性的头发也需要簪子来固定。后来又发明一种“冠”，就是给头顶的发束戴一个木头或者金属做的小帽子。到了清代，簪和冠都不用了，直接一条大辫子。民国的时候，男性开始流行短发。

女性发型和头饰的发展演变就复杂多了，正因为女性的爱美之心，中

国古代做头饰的手艺一直令全世界惊艳。

从原始人用树枝、骨头挽起一个发髻开始，中国古代女子的发型和首饰千变万化，精彩纷呈。

水滴石穿的玉簪琢磨

最早代替树枝骨头做发簪的材料是玉。玉簪往往在簪头部分要做一些花样，刻一些线条或花纹，有的镂空，有的做成鸟、花的形状……做玉簪的工艺分很多步，从选择玉石原料，到切掉外皮、分割成各种尺寸的小块，然后做具体的造型，到打孔、刻花纹、雕花……所有的环节总结起来就是用大大小小的工具来“琢磨”。

发簪

玉是一种坚硬的石头，玉簪纤长而薄，因此在选材上，要保证所选玉石无明显瑕疵、裂痕。其次，薄薄的玉簪比较脆，容易断裂，制作过程中不能用力过大，只能拿出水滴石穿的耐心，反反复复慢慢磨，人们用温润来形容磨工好的玉。

好的玉石原料难得，无论要做玉簪还是其他首饰，要根据它天然的状态切割、雕琢，不可以

玉石加工

浪费太多。所以琢磨过程既包括前期的深思熟虑，也包括后期的各种打磨。“玉不琢，不成器”是形容一个人要经过磨炼，才能成才，就像玉一样，只有被反复琢磨才能成为优质的首饰器皿。

金碧辉煌下的细细密密

金银是制作首饰的主要材料。早在商周时期，人们就开始尝试各种金银加工手艺了。最早的叫“金银错”，这个“错”不是错误的错，而是指涂金到其他物体的表面。开始是在青铜器上，把画出的图案錾刻成凹下去的槽沟，然后把金或者银打成细长的薄片，嵌入填满槽沟，去掉多余的边角，磨平磨亮，暗色的青铜装饰上这样金灿灿的图案，形成强烈的颜色对比。

金银错饰品

有一种鎏金法，能让涂金更牢固紧密。金和汞融化后可以混合成泥巴状的泥金，涂在物体表面，调整均匀后再用炭火烘烤，泥金里面的汞受不了高温就会挥发掉，留下纯金被牢牢粘在物体表面。这种技法的发明降低了很多首饰的成本，因为底料可以用银、铜、锡甚至木头等便宜一

鎏金饰品

些的材质，只在表面上鎏一层金，看上去跟纯金的一样漂亮，而且要轻盈很多。

金饰

金、银、铜都是有韧性的金属，可以捶捶打打变成薄片，还可以高温烧一烧拉成细丝，适合首饰的各种造型。花丝和累丝工艺就是把这些金属拉成头发一般的细丝，再像编织竹篾和绳子一样，编成各种辫子和网状结构，做成立体的花草或动物形状。小结构可以通过焊接或者堆砌组合成复杂的大结构。一般还会结合镶嵌技法，用金属片做出小托盘和小爪子，牢牢抓住珍珠、宝石。

我们还会在一些金饰上看到密密麻麻的黄金材质的小珠子，似乎不太可能是用锤子敲打出来的，用磨工的话又过于耗费时间，更不可能借用现代机器。那究竟是什么神技做出来的呢？

原来是炸珠。将黄金溶液滴入温水中会形成大小不等的金珠。也可将金的碎屑在炭火上加热，熔化时金屑呈露珠状，冷却后便能凝成小金珠。唐代人称呼这个为金粟，像粟米一样的金米，不过比粟米还要小，直径在一毫米左右。将这些小珠子用焊接技术固定在首饰上，有时会搭配一些其他颜色的宝石、贝壳片，再通过花丝、镶嵌等工艺组合在一起。这样的首饰远看是一片金黄，近看金黄的部分是细细密密的小珠连成的一片，线条是细丝编织而成，形状是层层堆叠而就，震撼人心的奢华感扑面而来。

有些簪子和钗，头部是镂空的立体蝴蝶、龙、凤等形象，栩栩如生，这其中也有独特的工艺技术。把木炭碾成细末，用白芨草的黏液调和，变成一种炭灰泥巴；用这个泥巴做雕塑，龙、凤、蝴蝶都可以；然后在雕塑表面贴上金银丝、金珠，用焊药把它们连接成一个整体；最后将其放入火中。里面的炭雕塑被烧化后，留下外面金的空壳，玲珑剔透的艺术品就诞生了。戴在头上，活灵活现，闪耀的光芒比太阳还耀眼。

镂空饰品

令人目眩神迷的点翠与烧蓝

点翠是古代贵族尤其是皇宫里流行的头饰。翠，就是翠鸟之羽。从工艺上看，是金银镶嵌的另一种运用。把翠鸟羽毛当作一种镶嵌材料，按照设计好的图案贴在花丝、鎏金等做成的底座上。

关于翠羽的获取，专业书籍中有记录“用小剪子剪下活翠鸟脖子周围的羽毛，轻轻地用镊子把羽毛排列在涂着黏料的底托上。翠鸟羽毛以翠蓝色雪青色为上品，颜色鲜亮，永不褪色。”翠鸟羽毛呈现出一种天然的幻彩蓝，配上金色的边和底色，富丽堂皇，让人目眩神迷。但传说中的永不褪色并不真实，从古董首饰来看，点翠一百年左右便会褪色。

点翠饰品

传统的点翠工艺虽然并不是杀鸟取羽，但仍然是残忍的，会对翠鸟造成无法消除的伤害。一些被取过羽的翠鸟往往会很快死亡。所以后来的人们想办法用其他材料来代替翠鸟羽毛，比如染色的鹅毛和丝绸，点翠工艺也因此延续了下来。

点翠首饰的精髓在于那种蓝色的美丽、端庄、典雅，到了清代，从皇后到平民女子，都深深为之着迷。这时出现了另一种工艺——从景泰蓝演变而来的烧蓝，也能做出精良而美丽的蓝色首饰。

烧蓝其实是金银花丝、镶嵌与陶瓷烧制工艺的结合。一些天然矿物粉在经过高温后会熔化发生化学反应，变成某种颜色的釉色。这种釉如果附着在金属上，就被称为珐琅彩。在铜上面用金属丝画出图案，再将釉料填满金属丝圈出的图案，经过800℃左右的高温烧制，就会变成多彩的釉。人们偏爱其中的蓝色，所以一般都是大面积的蓝色配一点儿彩色，这就叫景泰蓝。这个工艺用到首饰制作上，采用了更珍贵的银金属做胎底。虽然银和这个釉的结合能力不如铜，但烧制成功的话，得到的蓝色比景泰蓝更好看，这就

烧蓝饰品

被叫作蓝烧银或者烧蓝。用釉料填充花纹再用高温烧制，这个过程一般要反复四五次，得到的釉色才能达到满意的程度，效果可以跟点翠媲美。精美的首饰设计，一般还会在烧蓝之外镶嵌上玛瑙、翡翠等玉石珠宝，增加色彩和质地的丰富性。

指尖工坊

我们大概了解了制作首饰的一些基本工艺。虽然都是插在头上的装饰品，但根据用途和样子的不同，它们还都各有名字。除了基本的发簪之外，还有华胜、步摇、发钗、发钿(diàn)。皇室和贵族的女子可以用珍奇的材料做发饰，而一般平民百姓只能选择简单朴素的，平时一根荆钗就搞定了，过年过节才舍得戴上自己贵重的金银玉首饰。于是，象征着简朴勤劳的“拙荆”，便成了古代男子对外人称自己妻子的谦辞。

荆钗

钗由两股簪子组合而成。钗挽头发比簪更牢固一点儿，也有人用它把帽子别在头发上。发钗的用法自由多变，有的横插在发髻上，也有斜插、倒插、竖插的用法，还可以同时插好几只，关键是钗头的设计，可以把各种首饰加工工艺都用上。

钗

华胜，又叫花胜，是指做成花朵形状的首饰，插在发髻上，或者缀在额头上方。

步摇，是在簪、钗的一头做造型，一般为鸟、蝴蝶、花等，再接上一串珠子、吊坠、流苏等可以摇动的装饰。走路的时候，头上就会有一步一摇的效果，灵动可爱。

华胜

步摇

钿是用金、银、玉、贝等做成的花朵状装饰品，一般用镶嵌工艺制成，让头饰拥有多种材质和颜色，互相搭配，五光十色。

钿